D0509677
SOS 3
SOS 4
SOS 5
SOS 6
Ó BRIAIN
ÚNA LEAVY
Déirdre agus an Fear Bréige
Léaráidí Maeve Kelly
Sos 1
ANNA DONOVAN
Sinéad ag Damhsa
Sos 2
STEPHANIE DAGG
Léaráidí Stephen Hall
Cáitín sa Chistin
Sos 3
ÁINE NÍ GHLINN
Léaráidí Michael Connor
Daifní Dineasár
Sos 4
ANNE MARIE HERRON
Léaráidí Stephen Hall
Sailí na Spotaí
5
BRIANÓG BRADY DAWSON
Léaráidí Michael connor
Fiacla Mhamó
Sos 6

Sailí na Spotaí

Anne Marie Herron
• Léaráidí le Stephen Hall •

Cló Uí Bhriain
Baile Átha Cliath

An chéad chló 2001 ag
The O'Brien Press Ltd./Cló Uí Bhriain Teo.,
20 Victoria Road, Dublin 6, Ireland.
Fón: +353 1 4923333; Facs: +353 1 4922777
Ríomhphost: books@obrien.ie
Suíomh gréasáin: www.obrien.ie

ISBN: 0-86278-724-6

British Library Cataloguing-in-Publication Data
Tá tagairt don teideal seo ar fáil ó Leabharlann na Breataine Móire

1 2 3 4 5 6 7 8 9 10
01 02 03 04 05 06

Faigheann Cló Uí Bhriain cabhair
ón gComhairle Ealaíon

Leagan Gaeilge: Liz Morris agus Daire Mac Pháidín
Eagarthóir: Daire Mac Pháidín.
Dearadh leabhair: Cló Uí Bhriain Teo.
Clódóireacht: Cox & Wyman Ltd.

Thosaigh an scéal ar fad nuair a bhí Sailí ina báibín.

Bhí gruaig dhubh
chatach uirthi,
srón bheag dheas,
meangadh gáire álainn
agus spotaí móra dearga
ar a leicne aici.

Chas Mamaí
blaincéad bog spotach
thart uirthi.

'Nach tusa an báibín álainn!'
arsa Mamaí le Sailí.

‘Tá na spotaí sin
go hálainn ort!’
arsa Mamó le Sailí.

Agus sin mar a thosaigh
an scéal.

Tamall ina dhiaidh sin,
fuair Sailí geansaí,
bróga agus bríste,
agus bhí spotaí
orthu ar fad.

Bhí spotaí ar
a cuid éadaí codlata
fiú amháin.

Ar a céad bhreithlá
bhácáil Mamaí cáca di –
le spotaí ar a bharr
agus ribín spotach
thart air.

Shéid Sailí
an choinneal amach.
Rinne sí gáire
agus las dhá spota dhearga
a leicne.

'Spotaí,' arsa Sailí.

Thosaigh gach duine ag gáire.

Ar a dara breithlá
tugadh a lán bronntanas
spotach di.
Tugadh scairf, taephota,
plátaí, cupáin, fochupáin,
mála agus
dineasár spotach di.

Thug gach duine
bualadh bos mór di
nuair a shéid Sailí
an dá choinneal amach.
'Is maith liom spotaí,'
arsa Sailí.

Thaitin an bhóín Dé
agus an féileacán léi
mar go raibh spotaí orthu.

Tharraing sí go leor
pictiúr spotach
ina cóipleabhar.

Uair amháin,

nuair a bhí Sailí tinn,

bhris spotaí amach uirthi.

D'fhéach sí sa scáthán

arís is arís eile.

Bhí brón uirthi

nuair a d'imigh na spotaí.

Ar a tríú breithlá
thug Mamaí agus Daidí
bronntanas iontach di –
madra beag dubh agus bán.

Bhéic sí le háthas
nuair a chonaic sí é.

D'ardaigh Sailí an madra
agus d'fhéach sí air.

Agus, meas tú,
cén t-ainm a thug sí air?

SPOTA!

Ar a ceathrú breithlá
fuair sí níos mó
bronntanas spotach.
Thug Mamó
liathróid spotach di.

Thug Daideo
bosca airgid
spotach di.

Thug Aintín Úna
cuilt spotach di
agus thug Daidí
lampa spotach
di.

Bhí máthair Shailí ina píolóta.
Cheannaigh sí béar spotach di
ar an eitleán.

Shéid Sailí na coinnle amach.
'Is aoibhinn liom spotaí,'
ar sise.

Bhí gach duine an-sásta.
'Is breá le Sailí spotaí,'
arsa gach duine le chéile.

Ach bhí Sailí
ag éirí tuirseach
de na spotaí.
Ní raibh thart timpeall uirthi
ach **spotaí**.

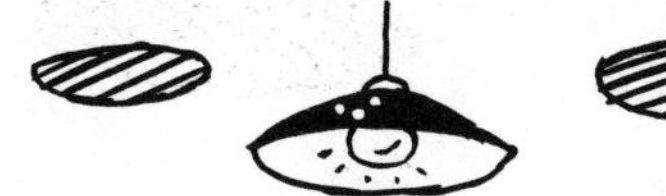

Bhí spotaí ar na ballaí.

Bhí spotaí ar an leaba.

Bhí spotaí ar an urlár.

Bhí spotaí ar an gcathaoir.

Bhí spotaí ar an tsíleáil.

Bhí spotaí i ngach aon áit.

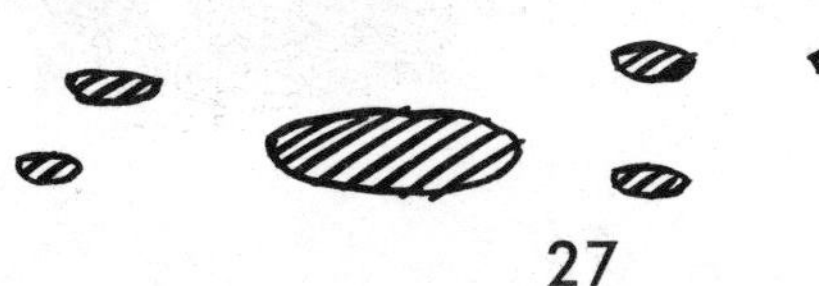

Bhí spotaí ar gach aon rud
a bhí aici.
Bhí spotaí ar a cuid leabhar.
Bhí spotaí ar
a cuid bréagán
agus ar a cuid éadaigh.
Bhí spotaí ar a mála scoile.

Bhí spotaí ar a brístíní fiú!

Ach cheap gach duine
gur thaitin spotaí go mór léi
go fóill.
Fuair sí go leor
maisiúchán spotach
um Nollaig.

Um Cháisc
tugadh cúpla
ubh spotach di.
Fuair sí cártaí poist le
spotaí orthu fiú.

Agus cheannaigh
daoine t-léinte
amaideacha
cosúil le:
Spotáil mé thú
sa Zú!

Bhí Sailí ag éirí an-tuirseach
de na spotaí.
Bhí sí ag dul
as a meabhair leo.

‘Spotaí! Spotaí! Spotaí!

Is fuath liom spotaí!’

‘Caithfidh mé rud éigin
a dhéanamh,’ arsa Sailí.
‘Caithfidh mé rud éigin a rá.’

Anois ...

láithreach ...

ar an bpointe ...

Thosaigh sí lena Mamó.

'A Mhamó,'
arsa Sailí.

'Tá a fhios agat
go dtugann daoine
a lán bronntanas
spotach dom – '

'Tá a fhios agam cinnte,'
arsa Mamó.
'Ná bíodh aon eagla ort.
Cheannaigh mé bronntanas
deas spotach duit.'

'Ó!' arsa Sailí.

Rinne sí iarracht labhairt lena Daideo.

'Tá a fhios agat faoi na spotaí –'

‘Tá a fhios agam cinnte,’
arsa Daideo.
‘Agus tá bronntanas
álainn spotach agam duit.’

‘Ó!’ arsa Sailí arís.

Rinne sí iarracht labhairt le hAintín Úna.

'A Aintín,' ar sise. 'Tá a fhios agat **gur thaitin** spotaí liom. Bhuel –'

‘Ní dhearna mé dearmad,’
arsa Aintín Úna.
‘Tá bronntanas
deas spotach duit
sa bhosca seo.’

‘Ó!’ arsa Sailí.

Bhí Sailí an-bhrónach ar fad.
Ní raibh duine ar bith
ag éisteacht léi.
Bheadh na spotaí ann
go deo.

Thug Sailí cuairt ar a cara, Liam.

Níor thaitin spotaí
le Liam.
Chuir siad mearbhall air.
Ní raibh spotaí ar bith
sa teach aige.

Ach bhí **stríoca**
agus **ciorcail**
de gach sórt aige
ó bhun go barr a sheomra.

'Tá a fhios agat
faoi na spotaí –'
'Tá, cinnte,' arsa Liam.
'Is breá leat iad.'

'Ní breá liom iad a thuilleadh.
Is fuath liom spotaí.
ach níl duine ar bith
ag éisteacht liom,' arsa Sailí.

'Beidh na spotaí agam
go deo, deo,' ar sise.
Thosaigh sí ag caoineadh
agus ag caoineadh.

'Beidh orainn rud éigin
a dhéanamh,'
arsa Liam.

Stad Sailí den chaoineadh.
Thosaigh an bheirt acu
ag smaoineamh.

Tar éis tamaill
smaoinigh Liam ar phlean.
Chuir sé cogar i gcluas Shailí.

‘Go raibh míle maith agat,
a Liam,’ arsa Sailí,
agus thug sí
póg mhór dó.
Dhearg Liam.

Rith Sailí abhaile
ar nós na gaoithe.
Lean Liam
agus Spota í.

Chuir sí cogar
i gcluas Mhamaí
faoi na spotaí.

Bhí iontas mór ar Mhamaí.
'Deireadh leis na spotaí?
Ní chreidim é!'

‘Deireadh leis na spotaí.
Deireadh iomlán leo,’
arsa Sailí.

Bhí Mamaí sásta cabhrú léi.

Lá deas gréine a bhí ann.
Bhí gach duine
amuigh faoin spéir –

cuid acu ag obair,
cuid acu ag caint.
Go tobann,
chuala siad torann ard.

NÍ MAITH LE

D'fhéach siad suas sa spéir.
Bhí iontas orthu ar fad
nuair a chonaic siad
eitleán os a gcionn
le fógra mór daite.

Bhí iontas mór ar Mhamó.
'Ní raibh a fhios agam riamh,'
ar sise, ag féachaint
ar an bhfógra.

Bhí ionadh an domhain
ar Dhaideo.
'Ní chreidim é!'
ar seisean, ag féachaint
ar an bhfógra.

NÍ MAITH LE SAILÍ

Baineadh geit as Aintín Úna.
'Níor thuig mé riamh,'
ar sise, ag féachaint
ar an bhfógra.

D'eitil Mamaí
timpeall agus timpeall
go dtí go bhfaca gach duine
an fógra.

Agus b'shin
deireadh
leis na spotaí.
Nuair a bhí Sailí
cúig bliana d'aois
fuair sí gúna le ciorcail air
ó Mhamó,
fuair sí stocaí le stríoca
ó Dhaideo,
fuair sí leabhar le línte
ó Aintín Úna agus
mála le réalta air
ó Mhamaí agus
ó Dhaidí.

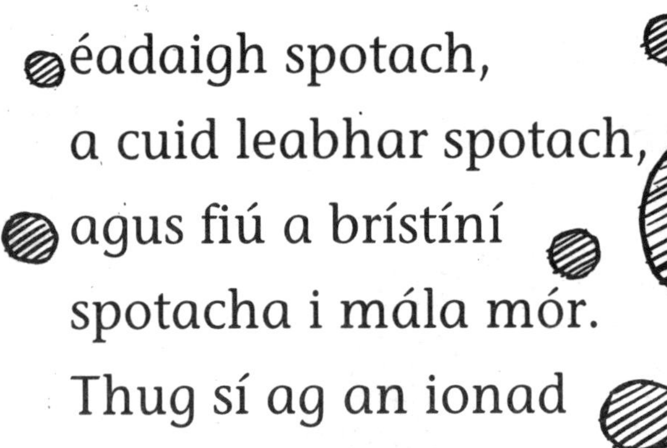

Chuir Sailí a cuid
éadaigh spotach,
a cuid leabhar spotach,
agus fiú a brístíní
spotacha i mála mór.
Thug sí ag an ionad
athchúrsála iad.

Ní raibh
rud ar bith
fágtha aici le spotaí ...

ach amháin ...

SPOTA